KB135499

슬픔이 고단하다

슬픔이 고단하다

초판인쇄 | 2021년 8월 15일
초판발행 | 2021년 8월 20일

지 은 이 | 정선영
편집주간 | 배재경
펴 낸 이 | 배재도
펴 낸 곳 | 도서출판 작가마을
등 록 | 2002년 8월 29일제 2002-000012호
주 소 | 부산광역시 중구 대청로 141번길 15-1 대륙빌딩 301호
　　　　 T. 051-248-4145, 2598　F. 051-248-0723　E. seepoet@hanmail.net

ISBN 979-11-5606-174-8 03810　정가 10,000원

작가마을 시인선 47

슬픔이 고단하다

정선영 시집

도서출판
작가마을

내가 나로 존재하는 이유를 몰라

잠이 깊은 날

슬픔을 삼키고 심연으로 가라앉습니다.

하늘 위의 하늘을 향해 팔을 뻗는 동안

그물을 빠져나가는 것이 무엇인지

영원에서 영원으로 이어지는 이 슬픔이

내게 말하려는 것이 무엇인지.

2021. 여름

정선영

정선영 시집

작가마을 시인선 47

차례

제2부

정선영 시집

차례

제4부

슬픔이
고단하다 정선영 시집 · 작가마을 시인선 47

제1부

허공에 팔을 꿰다

꿰이지 않는 허공
바람은 무심히 스쳐가고
잡을 수 없는 구름의 날들

새인 줄 알았다
허공으로 두 팔을 활짝 펴면
아득히 날 수 있을 것이라 믿었다
싸늘한 바람의 숫돌에 부리를 벼리며
오래 노래하고 싶었다
구름을 쥐어짜도 그물을 던져 바람을 끌어당겨도
깃털이 돋지 않았다

절망은 헛디뎌 맨홀에 빠지는 것
희망과 절망은 서로 부둥켜안은
이란성 쌍둥이
휘젓는 팔 잡아 볼 그 무엇도 없는
바닥없는 구멍 속으로 떨어지고
온 몸 부서져 갈기갈기 흩어지는 영혼

지상으로 도달하지 못한 겨울 햇볕 주르륵 흐른다.

자유에 대한 思惟

누군가 자유로운 영혼이라 한다

언제 자유로웠던 적이 있었나
아이 때는 부모에게 매였고
커서는 세상 요구에
직장에서는 능력치에
국민의 의무라는 것에 얽매였다

어둠이 깃들면
희미한 불빛 아래서 독주를 마시고
취해 비틀거리는 자유를 게워내느라
골목에 주저앉아 짓밟힌 꿈에게
미안하다 미안하다
엎드려 큰절 했다

언제 자유가 있었던가
서로가 서로를 물고 늘어지고
내가 아는 한에서
네가 모르는 한에서

죽어 몸은 무덤에 갇히고
영혼은 신에게 갇히고
죽음조차 영생永生에 저당 잡힌다.

마른 시간

잃어버렸다

몇 날, 몇 달, 몇 해
달을 보고 해를 보고 별을 보고 물었다
그것이 무엇인지
뭔가를 두고 온 것 같아
비 오는 날도 맑은 날도 흐린 날도 캄캄한 날에도 생각했
다

생각만 하는 날 생각나지 않는 날
무엇인지 생각하는 날이 길어지고
잃어버린 것도 잊어버린 날
하늘이 바다로 출렁거렸다

길을 걸었다 발길에 차이는 나뭇잎을 들춰봤다
나뭇가지 위 새들에게도 물었다 머리카락을 흩트리고 달
아나는 바람이 수상하다
아슬아슬 자전거가 비켜 간다 안장 위에 시간이 앉아 있
다
무엇을 잃어버렸는지 생각나지 않는데 잃어버렸다는 생각

주머니가 비고 가슴이 텅 비어버린 것 같다

눈이 뻑뻑하고 머릿속이 스산하다 가슴이 바스락거린다

물기 없는 막막함 화르르 재가 될 시간이다

최소한의 삶을 산다 안도하고 있는데

자꾸 어디선가 바람 소리가 난다

어느 지점에서였을까

핏방울 맺히고 푸른 멍이 들어 토해내던 설익은 사과의 시간

안으로 웅크리고 들어앉은 사막

모래바람이 분다.

죽 이야기

퍼져야 할 시간입니다
낱낱이 흩어지는 꿈들
가라앉으면 눌어붙어 새까맣게 타버릴 겁니다
뭉쳐있던 날들 풀어 휘저어야 할 때
낱낱이 풀어져 묽은 죽이 되어야 합니다
기대하지 마세요
이것은 맛이 없습니다
당신이 기대하는 그런 맛은
당신의 꿈 따위 아무도 관심 없어요
가공된 약속들이 당신의 혀를 마비시켰네요
천연이라는 말도 믿지 마세요
세상엔 당신을 위한 보금자리가 없어요
아무에게도 들키지 않는
슬픔들을 둘둘 말아 입고
사라져요 지워져요 휘저으면
끓어 넘치지는 않아요
당신을 따라다니는 스펙을 믿지 말아요
유효기간이 지났어요
끊임없이 유혹하는 최신 버전들에
당신은 죽지도 못해요

그러니 우리 그냥 풀어져요
묽게 묽게 해작질하면서 푹 퍼져
죽을 때까지 죽치자구요.

이것은

 검정이며 하얗다 다른 색을 상상할 수도 있다

 하나로는 의미를 알 수 없고 무언가 나란히 서거나 기대거나 끌어안아야 일어날 것 같다 하나의 덩어리가 의미가 되고 두 개의 덩어리, 세 개의 덩어리, 네 개의 덩어리……덩어리들이 뭉쳐 이름을 가리키지만 조합자의 자의다 누구도 완벽하다고는 생각지 않지만 합의 하에 하얀 세계 위에서 검정으로 생각한다

 꽃이라고 부르지만 꽃이 아니고, 벌, 나비라 부르지만 날지 않는다. 바람, 구름, 비, 라고 부르지만 불지도 흐르지도 내리지도 않는다 해, 달, 별이라 하지만 따뜻하지도 차갑지도 빛나지도 않는다 하얀 세계는 그저 말없이 까만 아이들을 끊임없이 낳고 밖으로 내보낼 뿐 바깥으로 나간 까만 아이들은 여기저기 날아다니고 사람들 손에 이끌려 그들의 집으로 가거나 크고 작은 건물로 들어가 번호를 받는다 누군가 까만 아이의 가슴을 쓰다듬거나 펼쳐 보면 아이는 제 이야기를 들려주고 싶어 두근두근 수줍어 검은 말들을 돋보이게 부드러워진다 이 까만 아이들을 잘 가지고 노는 법은 당신에게 달려 있다 당신이 얼마나 멋진 상상을 할 수 있는지, 이 작은 아이들을 얼마나 잘 관찰할 수 있는지, 얼마나 깊이 오래 생각하고 그에 대한 몽상의 시간을 두려

워하지 않는지 까만 아이들은 영감의 여왕을 위해 먹이를 모으고 성을 쌓고 수만 갈래의 길을 내어 세상을 만들 것이다

이것은 기록이며 그림이며 사물이며 제작이다 창조다 당신과 나의 눈앞에 꼬물거리며 당신의 눈과 귀, 입, 숨소리까지 온몸으로 기록한다 날아가 버릴 기억을 붙들어 매는 밧줄이고 오랜 역사다.

독백

1

나를 갉아먹으며 이를 날카롭게 간다 어디로도 갈 곳 없
는 시간, 이빨이 되었다 상상의 집 비극은 탄생하고 찾아
갈 곳도 찾아올 이도 없는 무대에는 디오니소스를 위한 축
제 증여받은 권력은 없어도 좋다 흐릿한 기억을 물어뜯으
며 손발을 발라 먹고 살집 좋은 배와 엉덩이를 발라 먹고
식감 좋은 물렁뼈는 오독오독 잘게 부수어먹고 툭툭 뼈를
뱉으면서 주라기를 생각한다 음식물 쓰레기도 되지 못할
내 뼈들이 취해 비틀거리며 춤춘다 질긴 냄새가 꼬리를 흔
든다 닫힌 문 안에서 발효되고 화석이 되어 가는 슬픔들아
일어나라 바람은 출입금지 횃불처럼 일어설 인광이여 빛나
라 시인은 마른 밥상 위 마지막 남은 상상을 발라내며 녹슨
상상의 날을 벼린다.

2

무한히 사라져 가는 시간 무한히 오고 있는 시간

순간이라는 이름의 지금은 영원의 통로, 발을 내 딛지도
않았는데 이미 지나온 길

영혼은 흑백인데 사람들은 색칠을 한다 나는 나를 먹고
토한다 속이 니글니글하다 나의 안과 밖이 덜그럭거린다

타거나 녹슬거나 둘 중 하나다 한 번의 상처에도 죄의식에
갇히고 아가리 벌린 심연을 보아 버린 눈이 멀어 버렸다 살
아도 산 것이 아닌 생이여.

그늘에 대한 思惟 1

그늘에 갇혀 있으면 우울이 날개를 단다
햇살이 가둬 놓은 그늘 속 사물들이
뼈마디 저린 소리로 노래를 하고
그늘 밖 모든 것들은
빛나는 슬픔으로 더욱 깊고 높다

그늘 속의 그늘이 뿌리를 뻗는다
가끔 그늘은 그늘 밖 풍경에 귀 기울이기도 하는데
그때마다 그늘 밖의 그늘은
그늘을 안으로 밀어내고 있어 발을 뻗을 수 없다

그늘은 그늘이므로 햇살이 쳐 놓은
울타리 안에서 한 발짝도 내딛지 않는다
그늘이 그늘로 있기 위해
스스로 빛 속에 가두는 깊이란 얼마나 자유한가
빛을 밀어내는 그늘의 고요한 힘.

그늘에 대한 思惟 2

그늘을 먹고 그늘을 마셨다
그늘을 숨쉬며
그늘에 앉아 울었다

빛은 저의 밝음으로 눈이 멀어
사물을 바로 볼 수 없게 한다

그늘 속에서
허리 펴고 거짓을 본다
빛을 힘껏 밀어낼 때 그늘은 비로소 평안을 얻는다
그늘에 앉아 환한 길을 본다
울퉁불퉁한 아스팔트가 보인다

그늘의 힘은 고요하다
소란을 피하는 그늘은 조심스럽다
미덥지 못한 빛을 그늘은 믿지 않는다
꽉 채워진 빛의 거리에서 물러난 그늘의 침묵
영혼의 칼을 벼리고 있다
심장의 송곳을 다듬고 있다

그늘은 살아 있다
살아있는 것들은 그늘을 남긴다.

그늘에 대한 思惟 3

1
웃자란 희망이 맥없이 시들어 갈 때
서늘하고 찹찹한 그늘에 누워
그늘 밖을 꿈꾸지 않는 나날들
어둠이 뿌린 별빛에 기도합니다
오래된 기억을 불러 봅니다
쭈뼛쭈뼛 다가오는 추억
나는 그늘에 잠겨 그늘이 됩니다
그늘은 자기를 드러내지 않습니다
아파도 소리 내지 않습니다
깊이 잠긴 그늘은 기다림입니다
시간을 발효시키며 그늘이 자랍니다
때로는 뒤로 물러서기도 하지만 자의적이지는 않습니다
그늘에서 꽃은 피지 않습니다
그늘은 꽃의 영광을 빛에게 내어 줍니다

한겨울 햇볕이 닿지 않는 그늘에 앉아
그늘 밖 빛의 그물을 물끄러미 바라봅니다.

2

백야의 긴 빛이었다가 흑야의 긴 그늘이었다가

그늘과 그늘 밖을 금 긋거나 경계 지은 적 없지만

그늘은 늘 그늘이었고 그 밖은 갈 수 없는 섬이었습니다

수많은 말을 품어도 그늘 속에 희석되었습니다

빛은 형태와 색을 드러내고 이름을 부르지만

그늘은 속에 모든 것을 품고 드러내지 않아 읽을 수 없습
니다

그늘은 침묵의 집, 가라앉아 뜨지 않습니다

무덤 속 그늘에 누워 부패를 기다리는 시간

먼지 속에 떠 있는 그늘의 계절이 가고 있습니다.

내 안의 그늘

뜨거운 것들이
얼음 속에서 날을 세우고 있다
꽃으로 가면을 썼다
걸을 때마다
등 뒤 그림자 사라지고
햇빛이 동공을 찌른다

날뛰던 말을 삼켰다
무채색의 침묵이
어둠 속 강물처럼 흘렀다

날카롭게 빛나는 물의 눈

말을 삼키면
목울대 꿈틀거리고
떨리듯 부풀어 오른 뱉지 못한 말들의 고드름

먼 산이 온몸을 뒤틀며 울린다.

始原으로 가는 길

고요한 숲으로 가면
소리가 고여 있다
소리의 중심에 귀를 담그고
눈 감으면
어찌 그리 많은 말들이 들어앉아
그물을 펼치고 있는지
소리의 그물 속 비쳐 든 햇살
잘게 부서진다
수런대는 소리에 부딪혀
반짝이는
물방울들이 소리를 머금었다 튕겨 내면
숲은 푸른 종소리 가득 찬 마법의 나라
숲으로 가면
몸속 유전자들 기억의 날개를 타고
종소리가
아득한 원시로 데려간다.

틈

어둠이 꿈틀거린다
빛과 어둠이 서로를 밀고 당긴다
닭이 목을 길게 빼고 심호흡한다
그토록 치밀했던 어둠에
균열이 시작되고 있다
소리들이 온다
별이 뿌리던 빛을 거둔다
밤의 여왕이 옷깃을 여미고
걸음을 재촉하고 있다
더 이상
고요는 없다.

시간 그리고 공간

강변 의자에 앉아 무연히 바라보는
건너편 세상
나뭇잎 가볍게 흔들리고
잎 속에서 가지도 가볍게 흔들리고

시간은 밖으로 흐르고 있는데
도무지 내 것 같지 않은 세상도
밖으로 흐르고 있는데

봄비 내리고
빛나던 햇살도 나를 비껴 빛나고
귓가에 들려오는 노래는
비를 머금고

시간의 강이 흘러간다
발이 뜨거운 나는 일어서 걷지 못하고
하릴없이 앉은 채로
비껴가는 시간만 바라보다
흐릿해지는 조형물이다.

세월 그리고 바다

죽음의 냄새는 비리다
먼 바다로 흐르지 못한 생
눈물을 품은 채 덫에 걸렸다

혼을 흔드는 푸른 목소리
비린내를 풍기며
깊이깊이 가라앉는다

눈 뜨지 않으면 볼 수 없는 아득한 수심
눈 감으면 빛이 보이려나

한생으로 살기 서러워
꽃은 지고 꽃은 흐르고
푸른 멍이 흐르고

살고파서 살아내고파서
손톱이 빠지도록 움켜쥔 너의
霧笛*소리.

* 霧笛(무적)소리 : 안개가 끼었을 때 경고로 울리는 신호

인사

안녕히 가세요
편안히 가세요
혹여 다시 세상에 오시려거든
공연히 피었다 지는 꽃으로 오지 마시고
매연으로 찌든 나무로 오지 마시고
바람으로 오세요
오시다가
빌딩에 걸리지 마시고
막다른 골목에도 들어가지 마시고
떨어지는 꽃잎을 띄워 올리는 가벼움으로 오세요
낮게 몸을 낮춘 작은 집
따스한 불빛 흐르는
창을 들여다보고, 잠시 머물다
골목을 돌아나가
초록 가득 펼쳐진 들판으로 오세요
작은 들꽃들, 살랑 풀들의 언덕을 넘어
먼바다 위, 작은 배 부드럽게 밀어 주고
물 속 깊은 곳
헤엄치는 생명들을 어루만져 주세요
쉬고 싶은 곳에서 쉬어 잠들고

달리고 싶을 때 높은 산 위로 질주하고
놀고 싶을 땐 철썩이는 파도랑 함께 노래하세요
몸으로 온 세상
병든 몸으로 오지 마시고
어디에도 걸리지 않는
부드러운 바람으로 오세요.

사소한 것들의 물음

어둠 속 별들 적막 허공의 빛이 되어 서로의 길을 밝힌다
맑고 푸른 하늘 흰 구름 어디로 가는지도 모르고 흐르고
바람은 불어서 내 마음을 흔들어 어디로 데려가는지
촉촉한 봄의 땅 위로 조고만 초록이 입술을 내밀고
찰나로 오는 것들
핸드폰 속 메세지 인사도 없이 쓰레기통 속으로 사라지고
물소리 빗소리 파도소리 바람소리 멀어져 가는 기적소리
손톱 밑 가시와 이 사이에 낀 고추씨가 건드릴 때마다 아
릿하다
젖은 당신의 눈과 미소 그 입술과 눈의 거리가 왜 그리 아
득한 거리인지
창가에 선 뒷모습에서
산과 바다는 서로 다가서지 못해 막막하다
책 속 글자들 사이로 날아다니는 하루살이
신경이 곤두서서 날아가 버린 마음
아스팔트 위로 떨어지는 빗방울
찰나의 꽃이 피고 진다
가로등 불빛에 물꽃은 영원으로 순간을 그리는데
몇 억 생을 지나온 듯
몸속에 피어나는 소름.

흘려보내면서 사는 거다

강물이 흘러가듯 흐르게 두는 것이다
가슴에 담았던 제비꽃이거나
붉은 다알리아, 나팔꽃, 하얀 박꽃들이
피고 지는 날들

처마 끝에 똑똑 떨어지는 빗방울이거나
눈동자에 고이다가 말라버린 눈물이거나
네가 삼켜버린 마지막 한 마디거나
내가 끝내지 못한 슬픔이거나

꽃잎 떨어지고
별이 지고
달빛 지는 새벽
하늘로 띄워 보내는 편지처럼

흘려보내고 흐르면서 사는 거다
꽃이거나 잎이거나
빈 나뭇가지이거나.

조우遭遇

쓰레기에서 주운
누군가의 문장 하나

섬뜩하게 씌어진
그의 문장은
세상을 다 보아버린 듯
유서인 듯 환희인 듯
단어 하나하나에
밑줄이 쳐 있었다

무엇이 그토록
깊고 아득하게
무엇이 그토록
눈부시게 절망하게 했는지

재활용 봉지에서
날개처럼 삐져나온
누군가의 문장 하나가
나를 붙들어 맨다.

운동장에서

나는
내일 모레 글피로 가는데
그제와 어제, 오늘은
이제 도착해 투덜거린다
내 보폭이 너무 넓다고
내 걸음이 너무 빠르다고
느긋하지 못함을 나무란다
그제와 어제는 너무 어둡고 칙칙해
바삐 밝은 내일로 가는데
더 빨리 벗어나고 싶어
더 넓게 더 크게 더 멀리 보면서
끝을 향해 가는데
뒤돌아보니 계속 맴돌고 있는 운동장
뛰어가는 사람 뒤를 따라 가는데
출렁이는 트랙이 이마를 친다
나는 내일 모레 글피로 달리는데
그제와 어제, 오늘이 따라와
숨통을 쥔다.

때로는

한 잔의 맥주처럼 비워질 것들이
깃털처럼 가볍게 날아가 버릴 것들이
우주의 무게로 다가올 때
코끝에 내려앉는 먼지의 세심한 인사라든지
이마 위로 내려 꽂히는 햇살 한 줄기라든지
가벼운 거품처럼 꺼져버릴 한 모금의 한숨은 차라리 최면
이다
후빌수록 상처는 더욱 깊어가고
득실거리는 파리의 종자들은 자신이 무엇인지 알지 못한
다
뱃속이 꾸르륵 너무 많은 별을 먹었는지도 모른다
봄볕 가득한 무릎 위로 꽃잎 한 장 내려앉는데
거절할 수 없다
일어서지도 못하고
건너편 강둑을 바라보는데
흐르는 물 위로 쏟아지는 꽃잎들이 전하는 말
자맥질하는 검은 그림자들이 물속으로 가라앉는데
촘촘한 봄 햇살에 걸려
나는 아무것도 할 수 없다.

제2부

외로움에 대한 小考

당신,
외로운가?
당신이 물었다

나는
늘 외로웠고
늘 외롭지 않았다

당신은,
외롭고 허무할 땐 강해져야 한다고
강해지는 길이 자유라 했다

나는
한 번도 자유로운 적이 없었고
한 번도 자유롭지 않은 적이 없었다.

나를 어떤 사람이라 말하지 말라

나는 이름 없는 풀이요 꽃이요 나무요
누구나 아는 나무요 꽃이요 풀이요
새로운 종種의 풀이요 나무요 꽃이요

내 안의 수많은 풀과 꽃과 나무가
내 안의 수많은 새와 나비와 벌과 무척추동물이
내 안의 고양이와 호랑이와 사자가
내 안의 기린과 토끼와 들개와 원숭이가

그때그때
풀로 꽃으로 나무로 곤충으로 여린 새로 맹금류로
물고기로 수달로 해마로 펭귄으로 거북으로 돌고래로 상
어로
토끼로 다람쥐로 사슴으로 여우로 늑대로 곰으로 호랑이
로 사자로
바람으로 구름으로 비로 폭풍으로 번개로 해일로 토네이
도로
들불로 산불로 화산 폭발로

할퀴고 물어뜯고 죽이고

은밀하게 구멍을 찾아다니는 바이러스와 세균으로

내 안에 모든 것이 다 있어
누구도 나를 무엇이라고 말하지 말라
그것이 나고 이것이 나다
그가 나고 내가 그다.

꽃이 피었습니다

발등에 꽃 한 송이 피었습니다
종말처럼 비 퍼붓던 날
물가로 밀려와 떨고 있던
씨앗 하나
몰래 따라왔었나 봅니다
발등에 매달린 까만 점이 살을 파고들 때
따끔거려 긁기도 했습니다
새끼발가락쯤 뾰족한 초록이 솟고 잎 피워
보랏빛 작은 꽃을 피웠습니다
조용히 흔들리며 문신처럼 새겨졌습니다
그때부터였나 봐요
내려다보면 방긋 웃는 꽃
한 걸음 한 걸음 조심스러워졌습니다
뽑히지 않으려 발등을 움켜쥐고 있는 뿌리
그 힘이 나를 허물어지지 않게 하는 줄을 알았습니다.

묻지 마, 제발

행복하냐는 물음 앞에서 얼어붙었습니다
이 세상에 그런 말이 있었던가
어리둥절 머뭇거리는데
묻던 말을 바꿉니다
만족하냐고
글쎄 뭐가 만족인지 한참 생각하는데
그만 눈물 한 방울 또르르

나로 하여 행복할 사람 있을까
나로 인해 만족할 사람 있을까
세상은 온통 거미줄에 걸려 날개 펼 수 없는데

날마다 행복하다는 사람이 있습니다
스스로 마취시키듯
허무를 온몸에 두르고 있는 사람

나는 묻지 못합니다.

묵언默言

종일 종이만 바라보다가
입술이 말랐다
바스락거리는 혓바닥이 갈라지고 있다
하루와 마주 앉아 말을 걸어 주기를 바라는데
한 뼘 열린 창으로 고개 들이민 하늘도 흐릿한 얼굴이다
입술이 갈라진다
마른 혀에 쓴맛 가득 들어차고
입술에 보풀이 인다
하루가 자리를 털고 일어선다
흐지부지되어버린 시간
잉크가 말라버린 펜이
가슴을 길게 긋는다

잿빛 구름이 달을 가린다.

날개를 퍼덕이다

몸속 날개를 퍼덕이느라 뒤챈 밤
겨드랑이가 아팠습니다

아버지가 기다리고 있습니다
아이가 돌아오지 않아 걱정합니다

걸어도 걸어도 늘어나는 길
어둠이 쌓이고
길마다 멈추게 하는 낯선 사람들 낯선 장소들이
장애물 경기하듯 놓여 있습니다
가는 만큼 멀어지는 길
멀어지는 집

안간힘으로 날개를 퍼덕였습니다
살을 찢고 피를 쏟더라도 펼쳐야 할 날개

내가 나에게 가는 길을 찾아 뒤척였습니다
가슴이 뛰고 식은땀이 흘렀습니다.

눈 내린 날

어제 같은 오늘
어제 같지 않은 오늘
눈이 내렸다

나비였다
하루살이였다 벌레였다
막막한 잿빛 하늘
생을 태워버린 재
육신의 먼지

너무 멀리 보지마라
너무 높이 보지마라
네 눈 가까이 울고 있는
너를 보아라

내일도 오늘 같은
이것
어둠을 지난 곳에서 기다리는
빛을 꿈꾼다

어제 같은 오늘
어제 같지 않은 오늘
어제 같은 나와
어제 같지 않은 나를 산다.

허공에 나를 털다

베란다 창 너머로 이불을 털고
옷을 털고 빨래를 털다가
나를 탈탈 턴다
벗겨져나가는 겉치장들
눈앞 가득 뿌옇게
먼지 같은 눈송이 같은
검은 재 같은
가렸던 죄 같은 것들 떠올라
하늘이 온통 뿌옇다
털어 먼지 안 나는 사람 어디 있나 항변하다가
보이지 않는 손에 엉덩이와 뺨을 철썩 맞는다

태어난 것이 罪이고 사는 것이 罰이라는 말에
가슴이 뜨끔해지며
내가 내 무게를 턴다
다 빌 때까지.

꿈을 꾸었다

전철역 구석 바닥에
노인이 쭈그리고 앉아
열쇠와 자물쇠를 팔고 있다
행운의 열쇠, 사랑의 열쇠라고
고르라 한다

쭈그려 앉은 나는
행운의 열쇠를 만져보다가
사랑의 열쇠를 만져보다가
행운도 사랑도 고르지 못하고 일어선다

시장 난전에
한 노인이 물고기를 팔고 있다
성공의 은빛 물고기
재물의 금빛 물고기

나는 쭈그리고 앉아
은빛 물고기를 들었다가
금빛 물고기를 들었다가
재물도 성공도 고르지 못하고 일어선다

나는 그냥 시인이다.

판*의 숲에 들다

소백의 이미지 속으로
스며들면
연둣빛 발 사이로
노래하는
새와 바람의 합주

푸른 바람 속
나는
낯선 풀꽃으로 흔들리고
걷는 걸음마다 따르며
산딸기 줄까
산사*를 줄까
하고초* 꺾어 줄까
유혹하는 판의 은밀한 속삭임

걷다 멈추다 당기다
손목 잡혀
울울창창한
목신牧神의 숲에 잠들었네.

* 판 : 그리스 신화. 반인반수의 목신牧神
* 산사 : 山査. 산사나무 열매. 둥글고 작은 사과 모양이며, 한약 재료로 쓴다.
* 하고초夏枯草 : 꿀풀

가끔

나는 딴 세계로 간다
내 몸은 의자에 앉아 있어도
의자 위에는 내가 없다
생각이 사라지고 공간이 사라지고

나는 구름으로 흐른다
문득
네 공간일지도 모른다는 생각이 들었다
네가 나를 바라보고 있는 듯도 하고
흐르는 내가 만든 환영인 듯도 하다

바람이 나를 끌고 간다
나는 방향을 알 수 없다
사방이 열려 있기도 하고 닫혀 있기도 하다

돌아갈 길을 찾을 수가 없다
네 손을 내밀어 봐
잃어버린 내 길을 찾을 수 있게
숨어서 엿보지 말고 방향을 가리켜 줘 봐

잘못 든 길을 바로 잡으려면 다시 돌아가야 하나
갈 때까지 가 보아야 하나
회차로를 지나쳐 버린 나는 먼 곳으로 흐른다
바람의 손에 힘이 실린다.

지워짐에 대하여

생각은 머물지 못하고 사라진다
달아나는 것은 시간만이 아니다
누군가 던진 말의 그물에 걸려
제자리 뱅뱅 도는 생각
지워진 것은 시간만이 아니다
내가 바란 꿈도 자유도 아니다
다만 잊혀 지기 위해
나를 알지 못하는 곳으로 달아났다
눈에 띄지 않을 한 점으로
먼지로 살다 가리라고
하루하루 일상의 반복은 꾹꾹 찍히는 도장같아
한 뭉치의 덩어리가 되고
그것은 눈 밝은 사람들의 눈에 걸린다
아무도 알 수 없으리라는 자유로움은 사라지고
스치는 거리에서 하나 둘 눈인사를 한다
사라짐에 대하여 잊혀 짐에 대하여
이 거리가 불온하다.

묻어버린 너

징그럽게
눈부신 날
제비꽃, 별꽃, 산수유, 목련이
꿈결처럼 흔들리는데
너를 생각하는 시간보다 더 먼
기다림 끝에 달린 꽃송이들
뿌리까지 젖어있던 슬픔의 날들을
아무렇지 않게
너를 생각하지 않아

이 봄날의 뭇 꽃들이
한 움큼의
봉분으로 내려 쌓이고
처절한 열망들이
가슴 뻐근하게
하는 걸
어쩌라고.

마지막 춤을

몸의 비늘을 털어내고 있는 11월의 나무를 본다
빙글빙글 돌거나 팔랑거리거나 바닥에서 이리저리 뒹굴
거나
바람의 채찍에 온몸을 고스란히 맡기고
바스락바스락 마른 비명을 지르며
초록 피 다 게워내고 빈 껍질로 남은
갈색, 노랑, 빨강이 어울려 미친 듯이 춤을 춘다.
성긴 가지들 사이사이 비둘기, 참새들이 숨죽인 채 관람
하고 있다

물기 빠진 몸들이 마지막 힘을 그러모아
뿌리를 향해 가지 끝에서 뛰어내리는 순간부터 헛발질하
며 살아온 날들
살풀이로 풀어내는 마지막 몸짓들
덧없음도 아니다 아쉬움도 아니다
한 줌 목숨 다하는 순간까지 놓지 못하는
뜨거운 가슴
벌레 먹고 찢어지고
밟혀 짓이겨진 잎

신나게 한 판 놀아보자.

이분법

네가 없는 빈자리
바람 불고 비 내리는데
플라타너스 잎 덩그러니
젖은 의자와
젖은 나뭇잎
서로 위로하는 사이
기억은 모자이크가 된다

언제부턴가
서로 다른 곳을 보고 있었다
마주 보고 웃지 않고 있다는 것을
말하지 않아도 아는 것
느끼는 것들이
얼마나 서로를 아프게 하는지
나는 당연하였고
너는
나의 당연을 그러려니 했다.

지루했다

여름 내내 붙박이 농처럼 있었다
어디로든 가고 싶었지만
햇볕이 두려웠다 귀찮았다
먹는 것도 먹고 싶은 것도 떠오르지 않았다
참을 수 없는 메스꺼움
얼음을 입에 넣고 굴렸다
얼음의 서늘함이 어지럼을 불렀다
꿈속에서 바다로 갔다
데일 듯 붉은 모래와 짭조름한 물비린내에 희석된 바람
목각 물고기 한 마리 바다로 걸어 들어가고 있었다
마른 몸을 적셔 탱탱하게 부풀렸다
목각 물고기 비늘이 돋아났다
입을 크게 벌려 호흡을 하고 지느러미를 흔들었다
먼 바다로 떠나는 목각 물고기
날개가 돋았다.

여름밤

바닐라 같은 그가 똑똑 녹아내리네

도저히 혀를 내밀 수가 없어 손등을 타고 흐르는 달콤함 질리게 하네

칠월은 갈수록 뜨거워지고 팔월의 화산이 폭발하고 있네

나는 치대다 만 빨래처럼 늘어져 있네 냉장고 속 채소들 흐물거리네

바닐라 같은 그는 말라 가고 끈적임에 혀는 타들어 가네 달콤 짭조름한

흔적 반짝, 누가 다리를 괴고 있네 지축을 흔들지 말아요 모래가 강으로 흘러가네 엿가락처럼 시간이 죽죽 늘어지네 혀를 내민 발바닥이 춤을 춰요 어둠이 와도 별은 식지 않네 구름 사막이네 꾸욱 누르면 구름 속에서 흘러내리는 소금 모래 밤이 절여지고 있네 밤이 창을 닫네 창을 열면 그곳엔 어둠보다 더 깊은 낮이 있었네

길은 어디로든 통한다고 누군가 속삭이네.

기억의 끝

언젠가 그 일이 있을 거라는 막연한 기대와 기다림
끝내 오지 않을지도 모를 일이라는 불안과 허망함도
무심한 척 덤덤히

한때 아이였던 그는 죽고
오늘의 나도 내일은 죽고
백 년도 안 되는 시간
매일 죽고 다시 태어나고
지속되지 않아도 사랑하고
상상의 호수에서 유영했다
볼 수 없는 시간 너머로
맛도 색도 없는 희망이라는
명령어를 따르는
불빛을 향해 날아가야 하는
불나방

江은 흘렀다 샛강들이 모여든다
언덕을 걷는 나무들, 강 따라 흐르는 구름
바람의 새들이 날아가고
한 장의 그림 속으로 사람들이 흘러간다

못했던 이야기들, 고개 숙인 모습, 내게만 남아 있을
기억은 내게서 끝날 것이다
더 기억할 수 없는 최후까지 그를 생각한다
기억은 단편으로 남고 내 세상의 끝에서 불살라질 것이다
아직 그는 죽은 것이 아니다.

금요일은 배가 고프다

 모두들 어디로 흘러가는지 텅 빈 눈인사 뒤통수에 달고 빠져나간 사람들
 달리던 고속도로에서 멈춰버린 시간 금요일은 비어버린 밥그릇 같다
 튕기듯 달려온 렉카차에 끌려간다 외로움을 확인하지 못했다 믿고 싶었던 것일까
 잘 달리고 있었다고, 잘 먹고 있었다고, 아무에게도 들키고 싶지 않았던 것들이
 하나 둘 비명을 지르고 있다
 한 번 뒤를 돌아보고 싶다
 보이는 것들 잠시 제쳐 두고 둘러보고 싶었다
 휘저었던 두 팔이 축 늘어진다 먹어도 먹어도 맛을 알 수 없는 지루한 일상

 나가자니 내일이 코앞이다 동굴 같은 방이 숨죽이고 있다 어디서부터 다잡아야 하나 불안정한 공기가 흔들린다. 오늘이 지나면 습관처럼 잃어버릴 일요일이 빈혈을 앓는다
 다시는 오지 않을 것 같은 사람을 기다리는 지루함이 게워내는 마지막 적막이다.

구름 밥

오늘 아침 구름 한 움큼 먹습니다
꾸역꾸역 삼키는 먹구름에 헛배 불러오고
채워지지 않은 공간으로 습기 차곡차곡 쌓입니다
비는 아직 오지 않고 예고는 늘 앞섭니다
치밀어 오르는 울음을 꾹꾹 누르면
그 우물을 메울 수 있을까요
오랜 생각에도 용서되지 않던 시간들
후회의 물기들 마른 수건으로 닦아내고
흙으로 덮어야 할까요 얼마나 더 긴 날들 지나야
이 역겨움을 멈출 수 있을까요
불쑥불쑥 솟는 쑥 덤불처럼
번지는 기억들 신물처럼 올라와
몸속 흥건히 고여 깨어보면
창밖으로 굵은 빗줄기
어디론가 달려가요.

슬픔이
고단하다

정선영 시집 · 작가마을 시인선 47

제3부

치매

이승에서 가진 기억
다 지우라는 말씀이다
그리운 사람들
다 잊으라는 말씀이다

처음 세상으로 오던 날처럼

그때인 듯
아이가 되어
웃으며 눈 감고
놓아 버리고 오라는 말씀이다

이승에 다녀간다는 흔적
아픈 이름 하나
가슴에 새겨
그 이름만 부르다 오라는

그런 말씀이다.

흑백 사진

오래된 동네는 동안거冬安居에 든 듯 고요하다
새들도 사라지고 아득하게
도마 위 부엌칼 뜀박질 소리 저녁연기 타고 오른다

살구색 노을 엷게 번지던 낡은 지붕 위
늘어진 전깃줄을 타고 고요히 어둠이 내린다
길을 걸으면 축축함이 긴 여운으로 따라오고
낮게 주저앉은 풀들이 신발을 잡아당긴다

마주치는 사람들 마른 문장들
우수수 쏟아지는 늦은 가을
면벽面壁 수도승처럼 돌아앉은 집들
창으로 점멸하는 텔레비전 불빛이
반눈 뜨고 밤을 샌다

아무도 지나지 않는 길 위로
마른 새 한 마리 멈췄다 날아간다
먼지 속 떠다니던 계절이 잠겨있다.

떠돌이 별

달이 잠겼다 달무리가 달을 안고 놓지 않는다
차갑게 일렁이는 달의 호수에 물결치는 얼굴들
여물지 못한 마음이 올챙이처럼 꼬물거린다

이것은 시詩가 아니다
흔들리는 달빛이 삼키는 눈동자
오래된 전설이었고 세대에서 세대로 전해지는 이야기다
몽상이고 후회의 잔상이다
달의 호수에서 허우적이는 피터 팬의 꿈
날개가 젖은 팅커 벨의 눈물이다

달이 잠겨들고 있는데 차갑게 죽고 있는데
구름 속 빛나는 별은 어디로 가는 걸까
생애를 떠도는
머물 곳 없는 외로운 영원이다
가도 가도 깜깜한 허공 멈출 수 없는 형벌이다.

아말리아 로드리게스

기억은 언제나 겹치고 있다

뜨거운 커피를 마실 때
차가운 소주를 마실 때

목소리는 어두운 무대 위에서 흐드러지고
관객도 음악도 잊고
심장 뜨거운 곳으로 빠져들면
마주치는 얼굴
폭풍처럼 몰려왔다가 가 버린 순간들

물속으로 스며들 듯
꿈속으로 흐르는 듯

기억은 겹쳐 데칼코마니가 된다

* 아말리아 로드리게스(Amalia Rodrigues, 1920 ~1999) : 포르투칼의 대중가요
  가수. 포르투칼의 대표적 민요 파드를 현대화시켜 독특한 예술의 경지를 개척했
  다. 프랑스 영화 〈과거를 가진 애정에서〉 '어두운 거룻배'를 불렀다.

시, 라고

1.
시, 라고 말하는데 재채기가 났다
시, 라고 노래했는데 목젖이 간질거렸다
시, 라고 들어 보라 하는데 귀를 막는다

눈물이 고인다

시, 라고 보였는데 아무도 읽지 않았다
시, 라고 불렀는데 아무도 돌아보지 않았다
시, 를 아느냐고 물었는데 아무도 모른다고 한다

십 년 만에 만난 동생이 살아 있어 줘서 고맙다고 한다

시, 라는 요리를 만들었는데
시, 를 주문하는 사람이 없다
시, 라는 요리는 맛이 없다고 한다

건널목에 선 아버지 기울어진 뒷모습이 보인다.

2.
번개가 번쩍 검은 하늘을 벤다
비가 온몸을 적신다
눈이 천지를 덮는다
파도가 달려와 뺨을 때린다
까마귀가 노려본다

시, 라고 하는데 뫼르소가 걸어간다
그레고르 잠자가 누워 있다
애너벨 리가 울고 있다.

3.
시, 라고 꿈꾸자 별이 쏟아진다
놀이터에서 아이가 까르르 웃는다
아스팔트 갈라진 사이로 입김을 불자 풀씨에 싹이 돋는다

오래된 나무를 쓰다듬자 꽃이 핀다

시, 라고 발음하자 향기가 난다
시, 라고 노래하자 새들이 날아온다

시, 라고 시, 라고 부르자 나비가 춤춘다

안개 속에서 당신이 걸어 나온다.

시 레시피

당신을 위한
나를 위한 요리를 생각한다
머릿속 냉장고 재료를 꺼내 상상한다
어떤 요리를 할까
어떤 맛을 낼까
찜을 할까
탕을 끓일까
볶음을 할까
겉절이를 할까

날을 벼려야 한다
다듬고 씻고
마음의 온도를 맞춘다
간은 적당하게
색을 내는 것도 중요해
붉은 정열, 푸른 꿈
톡 쏘는 아릿함
보글보글 자글자글
거품은 걷어 내야 해
조물조물

손맛도 있어야 해

그릇을 준비해야 해
플레이팅도 중요해
눈으로 먹고
마음으로 먹고
향기로 먹고
꼭꼭 씹어 삼켜 봐야 해
천천히 소화되어
기쁨이 온몸으로 전달되어야 해
삶이 소화되는 요리를 해야 해.

술 권하는 밤

회의懷疑 위에 세워진 사랑이
멀미를 한다

흔들다리 위에서
내려다보는 세상도 멀미를 한다

똑바로 길을 걸어도
부딪치는 것들
생각만으로 세상을 이룰 수 없었다
비웃음 물고 바라보는
적막에 취하는 밤

그의 가슴이 깊어
더 내려갈 수 없을 곳에 있어도
슬픔은 빛을 비출 것이다

보아서는 안 될 그 너머를
보아 버린 죄.

한 방울의 눈물

흐린 하늘을 걷는다
우산이 함께 걷는다
비의 길은 열리지 않고
길은 말랑하게 먼 기억을 떠올린다

흐린 기억이었을 것이다

젖은 기억이라도 불러내지 않으면
서러운 날
아카시 나무에서 물소리 나고
오래된 기억이 분수처럼 솟아오른다

한 순간 물방울이 떨어졌던가?

잠시 바람이 볼을 스치고 간다
나뭇가지 사이 잘게 쪼개진 하늘이
거울의 뒷면이 되고 있다

나는 맨발로 흐린 하늘을 걷고 있다.

소백산은 거문고 가락으로 흐른다

흐린 하늘에
소백의 능선이
거문고 가락으로 흐른다

빗줄기가 퉁기는 음률

하늘 소리
땅의 소리
불러 모아 골짜기를 오르내리고
숲으로 이어지는 나무들 발걸음 멈춘다

어깨 들썩이는 바람 풀잎 흔들고
길 따라 계곡 따라 흐르는
물소리 불러 휘돌아 바위에 앉아
잠시 쉬어 가자고 젖은 풀잎이 부른다

소백의 능선으로 수묵화 펼쳐지고
재두루미 한 쌍 너울너울
거문고 가락 타고 흐르는데

먼 곳에 나는 비옷 입고
가락으로 흐르는 산 능선 바라보는
한 점이 되고 있다.

열대야

막걸리 잔을 들고 졸음에 겨운 그대는 허무와 허무가 만나면 사랑이라고 우긴다 그런 그대가 외로워서 나도 허무에게 사랑한다고 말해 본다 어디를 둘러보아도 막막한데 옥수수를 삶을 듯 뜨거운 여름날 빈 병은 쌓여 가고 허무도 취하고 사랑도 취하고 허무가 사랑인지 사랑이 허무인지 어둠은 깊어 가고 새들은 나뭇잎 속으로 깃들고 그대의 허무와 내가 사랑하는 허무가 만나 적막 속으로 까무룩 사라진다.

띵동! 택배 왔어요

안녕하세요?
사계절국입니다.
오늘 오전 00시에서 오후 0시 0분 사이
택배를 배달할 예정이오니
꼭 직접 수령하시기 바랍니다.

긴 겨울 움츠렸던 어깨 위로
따뜻한 햇살 한 박스
파릇한 새싹 한 줌
부드러운 바람을 배달하려 합니다

미세먼지가 없고 맑고 쾌청한
오늘이 아니면 받으실 수 없는 향기로운 선물입니다
가벼운 마음과
밝은 옷으로 갈아입고 기다려 주시면
감사하겠습니다.

외나무다리에서

1
바람의 입김이 쌓은 띠앗강변*
모래톱 사이사이
피라미처럼 헤엄치는 물줄기들
강변에 걸린 비단이
울긋불긋 한마당 군무를 춘다.

2
까치발로 서서 등 내어 주는 다리
그리고 지우고 바람에 날리고
흐르는 물의 모래톱 그림
물은 낙관을 찍지 않았다.

3
강을 가로지른
외나무다리의 등에 오른 나는
멈춤과 흐름을 받아들이지 못해
멀미가 난다
몸은 멈추어 있는데
빙글빙글 동공은 역회전하고

문득
나는 지금 어디에 있는가?

외나무다리 위에서 길을 묻는다.

* 띠앗강변 : 전래명칭. 경북 영주 무섬마을 강변을 이르는 말. 띠란 볏과의 여러
해살이 풀을 가리키며 강가나 산기슭의 볕이 잘 드는 곳에서 자람. '띠밭'이 변
해 '띠앗'이 되었다고 한다.

떠돌이 고양이에 대한 사유

사람에게 다가서지 않는 고양이
다시 길들여지지 않겠다는 듯
시멘트바닥에 발톱을 갈고 있다

떠돌이로 태어나
어디든 몸을 말고 누우면 집이다

나풀나풀 코끝에 맴도는 나비
앞발을 휘젓는 고양이
나비가 고양이인가
고양이가 나비인가

고양이의 잠이 둥글다.

눈

저 높은 곳에서 떨어지는
가볍고도 부드러운 입술
맞으면서 맞는 줄 모르게

나비의 날갯짓으로 내려와
입 맞추는
저 은밀한 유혹

깨어지지 않는
사르르 녹아드는 서늘한 입김
살며시 쌓이고 쌓여
어깨를 지그시 누르는 손길

길을 막고
나뭇가지를 꺾는
참 가벼운 것들의 무게

부드러운 것은 치명적이다.

형태소

최소의 유의미가 사라진다
쪼개지는 말이 난무한다

자음 모음을 모아 공기놀이를 한다
소리 없는 말들 날개를 잃고
툭 떨어진다

단어들이 울고 있다
이 빠진 글자들 뒹굴고 있다
소리 없는 의미들
눈에 들어온 음소들
여기저기 툭툭 생채기를 입고 있다

손가락의 속도
진화하는 음소들이 킬킬거린다
어디로든 날아다니는
자음 모음
분절된다
최소의 구성원도 되지 못하고
홀로

식은 밥을
말아 먹고 있다.

사랑

당신과 나는
한정적 접사로 만났다
서로를 변화시키지도
변화시키려고도 하지 않았다
날이 가고 해가 가고
당신과 나는
우리가 되었고
어느새 지배적 접사가 되었다.

*한정적 접사 : 문법적 성질은 바꾸지 못하는 접사
*지배적 접사 : 문법적 성질을 바꿈

우요일

비는 아직 오지 않는데
기다린다
구름은 점점 낮게 내려오고

비는 가지 않았는데
먼저 잘 가라고 인사한다
구름은 아직 산이마에 걸려 있는데

촘촘한 회색 그물에 걸린 우울
숨바꼭질하는 해를 찾아 헤매는 사이
까마귀 한 마리 헛기침으로
해의 행방을 귀띔하고 간다

비는 오지를 않는데
연못가에 쪼그리고 앉은 나는
물속에서 비를 낚는다

가지 못하고 머뭇거리던 물방울
하나 둘 툭툭 입질하는데
잡힐까 말까 망설이는 미련
뒤돌아보는 연인 같다.

해파리 수면*

2분 만에 잠든다는 해파리 수면법을 읽고 누워
온몸을 축 늘어뜨린다

엉덩이는 묽은 반죽처럼 흐물흐물
허리는 늘어진 스프링처럼 낭창낭창
팔은 걸어둔 미역줄기처럼
어깨는 무너지는 흙처럼 와르르
목은 늘어난 스타킹처럼 걸쳐 놓고
마지막으로
얼굴의 긴장을 풀고 힘을 빼려는데
눈 밑 피부가 움찔, 이마가 근질근질
턱은 딱딱, 침은 고이고
가장 바꾸기 쉬운 가면인 줄 알았던 얼굴이
긴장의 끈을 꽉 잡고 자꾸 팽팽해져
탄력을 붙들고 싶어
수분 섭취와 콜라겐, 선크림
잠자리에서도 놓지 못해 탱글탱글

2분을 지나 20분, 4분을 지나 40분
얼굴에 힘 빼고, 목에 힘 빼고

어깨 힘 빼고, 팔 늘이고
엉덩이 흔들흔들, 다리는 죽은 문어처럼
해파리처럼 잠들려다가
얼굴에 힘을 빼지 못해 잠 못 드는 밤
가면을 벗지 못한 얼굴.

* 해파리 수면법 : 미국 해군 수면법. 해군운동 심리학자이자 대학 육상코치인 버드 윈터(Lloyd Bud Winter)가 개발한 수면법으로 어떠한 상황에서도 2분 내에 잠들 수 있다는 수면법

습기

축축하다
발바닥에 들러붙는 끈적임이 은밀하게 밀착되어 질척인
다
절반쯤 마르다 만 삶은 나물이 곰팡이를 키운다.
소리 없이 공기 속 먼지들을 흡입하는 스펀지
꾹~ 누르면 한바탕 쏟아낼 기세다

네가 그렇게 훌쩍일 줄 몰랐어
어깨 위에 내려앉은 먼지를 털어버리 듯 무심하게
손 한 번 흔들고 뒤돌아서 휘적휘적
나그네처럼 바람이 부는 방향으로 갈 줄 알았어

지루함이 흐르는 탁자 위로 뜬금없는 콧노래가 배달되고
시간이 식어가고 있을 그때였을까
탁자 위로 기어오르기 시작한 어색한 끈적임
이쪽과 저쪽 질퍽하게 누비던 공기의 압력이 빵! 터진 것
이

유리창 너머로 흘러가는 건널목이 세차게 덜컹거렸다
달리던 차들은 바퀴가 아스팔트에 들러붙었는지 엔진소

리만 요란할 뿐

　움직일 기미가 없는데 와르르 쏟아지는 사람들이 빗줄기처럼 기립으로

　건널목 이쪽과 저쪽으로 승차를 한다

　유리창 안에 갇힌 나는 발바닥이 바닥에 접착되어 일어설 수가 없다

　아픈 것은 너일텐데 내게 질기게 들러붙은 이 끈적임

　마른 수건 백 개쯤 펼쳐 놓고 엎드려 잠들고 싶다는 생각을 한다

　천지를 꿉꿉하게 하고야 말겠다는 듯 지루함을 잔뜩 풀어 놓고야 마는

　너의 젖은 눈 젖은 입술 젖은 손과 발

　유리창 안으로 스며드는 는개 내리고 있다.

2016 밥상

　잘 차려진 밥상을 받는다 젓가락이 손에 잡힌다 여기저기 둘러보던 눈 바삭한 튀김을 쿡 간장에 찍는다 벌름거리던 코가 먼저 고소한 냄새를 먹는다 마주 앉은 동그란 눈이 젓가락을 휘두른다 날쌘 솜씨로 다소곳하게 발가락을 모으고 있던 닭발을 찍는다

　가방 속에 나무젓가락과 플라스틱 숟가락을 넣어 다닌다 언제라도 끼어들 수 있다 닭발이 벌떡 상 위로 뛰어 다닌다 붉은 네 개의 발자국이 찍힌다 점점이 붉은 눈물 자국이 흥건하다 매운 눈물 화들짝 흰 손이 눈물을 닦는다 호호 물을 마셔가며 손사래 치는 부채 난장의 상 위로 식욕이 난무한다 잘 익은 옥수수 모락모락 피어나는 연기의 수염 생이란 쟁취야 스스로 숟가락을 들이밀지 않으면 몫은 없다 넘치는 욕망에 부리를 겨누어라

　착취의 계절은 끝나지 않는다 독식을 용납하지 않는 계절이다 밀림에선 전혀 비밀스럽지 않게 안막커튼을 드리우고 어린 생선의 내장을 발라내고 웃음을 흘리고 있다

　표면은 잔인하다 무엇을 정당화할 수 있을까 정의가 있나요? 또 한 마리의 까치가 날아와 옥수수를 쪼아 먹는 동료를 훼방한다 푸드득~ 옥수수 잎이 칼날을 벼린다 독식은 부정이다 부정은 부정의다

여전히 당신의 밥상은 유효한가요? 휘어진 상다리가 불안하진 않으신가요? 당신의 밥그릇은 화분인가요? 화수분인가요?

가을이 후드득

바스락대는 10월 하순
햇살이 고양이 꼬리에 걸렸다
잡지 속 가을을 오려 입었다

흠뻑 젖어 비틀거리던
단풍 든 감정은 털어야 할 시간
상수리나무에서 쏟아지는 새들의 소란
이제 마른 풀덤불을 찾아야 할 때

휘적휘적 넘기다가 덮어버릴 감상들
다시는 꺼내보지 않을 지루한 여름
버릴 것은 버리고
재활용할 것은 비닐봉지에 담아 내놓아요

바람이 불어오네요
주머니 가득 부풀어 오른 기억들
폴폴 날아오르는 가벼움들
이젠 안녕

당신 옷자락에 긴 겨울이 매달려 있네요.

제4부

이데아의 시간

먹구름 사이로 빼꼼히 비치는 햇살을 보이지 않는 손이 잡아당긴다 구름 뒤의 손은 신의 손인가 해의 이데아인가 감춰짐으로 드러나는 진실인가 알 사람은 알고 모르는 사람은 몰라도 되는 일을 생각하느라 하늘을 바라보고 있는 날, 플라톤은 당신이 웃으면 그걸로 됐다고 윙크한다 거실을 건너 베란다로의 길, 문을 열고 닫고 열고 닫으며 여름, 가을을 건너 겨울까지 왔다 유리창에 달라붙은 모기를 부채로 때려잡으며 눌러붙은 벌레를 천재가 된 박제라고 불렀다 설거지도 운동이고 청소기를 끌고 다니는 것도 운동이라고 이 방 저 방 휘젓는 플라톤의 산책, 스물여덟 중 절반은 사라지고 앞니만 남은 정년퇴직한 플라톤이 이데아를 앞니로 오물오물 씹는다 이데아 그거 얼마면 돼?* 물으려다가 수시로 리플레이되는 드라마 장면이 생각나 피식 웃는데 구름을 헤집고 나온 해가 지금이 이데야의 시간이라며 눈부시게 빛난다.

---

* 그거 얼마면 돼? : KBS2에서 2000년 방영한 드라마 '겨울동화'에서 원빈이 송혜교에게 "얼마면 돼?"라고 하자 "얼마나 줄 수 있는데요?"라고 송혜교가 응수한 대사가 이후 다양한 패러디로 세간의 유행이 되었다.

이별 전야

엄마가 떠나기 전
부스스 풀린 파마머리가 만지고 싶었어
얇은 껍질 속 남은 뼈를 만지고 싶어 라는 말 대신
"사랑해"라고 했다
한 번도 해보지 못한 말
"자식 와 이라노"

시든 껍질을 뚫고 마른 가지 가슴 찌르는데 피가 마른다
물러진 잇몸 흔들리는 이 앙다물고 살을 저미는 고통 씹
어 먹던 밤
차라리 끝났으면 좋겠다며 막내 동생 밤새 나무토막처럼
견뎌야 했다

등뼈를 따라 거슬러 오르는 손가락 끝으로 도톨도톨 돋아
난 것들이 당신의 피와 살을 갉아먹고 남은 숨마저 끌어당
겨 마시고 있다는 걸 알아도 모른 척했다 끝끝내 이유도 모
른 채 어둠을 휘저어야 했던 잠 당신의 입술에 마지막 물
한 방울 적시는 일밖에 할 수 없던 시간
눈물은 흐르지 않았다

당신의 정수리에서 한 줄기 긴 호흡 빠져나가고
영혼의 문이 닫혔다
삼백 송이 카네이션 속 당신은
하얀 나비였다.

선을 긋다

뜻하지 않은 부고를 받던 날부터 흰 종이 위에 선을 긋기 시작했습니다
자잘한 선을 수없이 그어가는 중 슬픔도 하나 둘 그어지고 있습니다
가로 세로 선 하나하나에 아픈 이름들이 물결을 이룹니다
쉼 없는 잔물결들이 모여 바다가 됩니다
출렁이는 파도는 그리운 이름들을 위한 진혼곡입니다
수많은 선과 선으로 이어진 바다에 배를 띄웁니다
수평선 너머로 당신들을 내 슬픔을 실어 보냅니다
그립던 마음과 서러웠던 시간이 흘러갑니다
흰 종이 위에 그어지는 선들이 종이를 검게 물들일 때까지
그 사이 내 것 하나도 끼어들겠지요 그때에 내 혼백을 실어 보내렵니다.

안구건조증

눈 속에 사막이 자라기 시작했다
바람 부는 대로 모였다 흩어지며
뼛속 수분까지 핥아먹는 모래 산

화장되어 나온 엄마는 모래보다 부드러웠다
울지 말라고
내 몸 물기 다 머금은 채
바람에 날아가고
마른 몸 안에서
걸을 때마다 모래가 출렁거렸다

눈물 흐르지 않는다
한 번도 가 본 적 없는 사막
뜨거운 모래 산에 엎드려 울고 싶은 날 쪽파를 다듬는다
동공 속 오아시스 푸른 물 길어 올려
사막 가득 쪽파 심고 매운 눈물을 흘리고 싶다.

뜨거운 것

야근을 하고 온 겨울
아궁이를 활짝 열어 놓고
기다리던 당신

정신없이 잠에 취해 한 잠꼬대
엄마! 엉덩이가 가려워
따끈하게 구워진
딸의 엉덩이를 살피던 당신
'아이고, 우째!'

종이 한 장 들어갈 틈 없이
장판과 엉덩이가
뜨겁게 들러붙는 밤
엄지 같은 사랑이 부풀고
바늘을 머리에 비벼
물집 터뜨리며 미안해하던 당신
뜨거운 아랫목을 내어주며
솜이불 여며주던 손

오랜 세월 흘렀어도
가끔 엉덩이가 가렵다.

별을 따다

밤새
골목을 돌았다
미로처럼 엉킨 길을 걸으며
꿈 하나 둘 허공에 달았다

당신과 나
서로의 몸이 닿아
날선 빛의 가시에 찔려도
울지 않았고
붉은 상처를 쓰다듬었다

당신은 내 손을 꼭 잡고
나는 당신의 등에 기대어
하늘에 뜬 별을 길잡이로
긴 터널을 빠져나왔다

은하수가 흐르는 강
별이 쏟아진다.

별이 기억을 훔치다

별이 기억을 가져갔다
그날 이후
별 없는 밤이면 백치가 되었다
어두운 뜰을 바라보면
울음소리 들리고
어둠이 눈에 익을 즈음
하늘이 젖고 땅이 젖고
숲이 몸을 떨었다
바람은 어둠을 헤치며 쏜살같이
계곡을 내달려
물안개 속으로 몸을 숨기고
나는 잠들지 못하는
떠돌이 고양이가 되어
별 없는 밤을 지켰다
잃어버린 기억들
너와 나의 시간들이
블랙홀 속으로 빨려 들어갔다.

별이 허물을 벗다

두 팔을 펼치고 잠을 자다
문득 날고 싶었습니다
온 힘을 다해
바닥을 박차고 공중뛰기를 했습니다
몸을 빠져나와 둘러보니
저 아래
내 몸의 껍질이 널브러져 있습니다
오십 년을 쓰던 몸뚱이는
이불과 함께 엉켜 뒹굴고
주변엔 쓸데없는 물건들이 놓여 있습니다
이처럼 가벼운 몸 안에
다른 내가 있는 줄도 모르고
참 오랫동안
내가 나를 가두고 있었습니다.

별을 품다

어둠에 누웠다
검은 물결이 출렁였다
내 몸은 생의 첫 밤처럼
떨고 있었다

별이 수직으로 떨어졌다
그것은 처절한 환희
산산이 녹아내리는 기쁨이었다

반짝이는 눈동자 하나가
내 심장을 향해 곤두박질치는
순간을 기억하고 싶었다

별이 떨어지는 순간
어쩌면
나는 간지러웠을 것이다.

별꽃

설국雪國입니다
별들이 흘린 눈물이
밤새 꽃이 되어 온 세상을 덮었습니다
깨끗한 마음으로
반짝반짝 빛나라고
별들이 조용히 내려와
눈물로 꽃을 빚어놓았습니다
눈부신 아침 햇살에 눈꽃이
시리도록 찬란합니다
세상 모든 슬픔과 아픔의
등을 토닥이며
지붕 위에도 장독대에도 나뭇가지에도
개울가 조약돌에게도
하얀 꽃 이불을 덮어 주었습니다.

비린 밤

그저 밤이 비리다고
말하고 싶었습니다
잡을 수 없었던 시간들이
동공을 아프게 찌른다고

어둠이 내린
바닷가 모래 무덤에
비밀 하나 숨겨 두고 왔습니다
그물에 걸리고 싶지 않은
나는 집을 짓지 않았습니다

늘 작별의 서늘한 빛 뿌리고
부평초로 떠도는 세상
진동하는
그 비린내에
울고 싶었습니다

기쁨보다 슬픔이 오래 남듯
눈 시리게 그대를 바라보지 않기로 하던 날
내가 먼저
떠돌이별이 되기로 했습니다.

말을 삼키다

그가 보내온 문자를 메모한다
문장이 된 글자와 문장이 되지 못한 글자
그의 문자들은 가만두어도
바람 불고 파도가 밀려와 어딘가로 데려갈 것이지만
나는 그를 종이 위에 그려 놓고 해체 중이다?

어떤 물음은 살짝 비껴가고
어떤 물음은 짐짓 딴청 부리고
자음과 모음이 부표가 되어 둥둥 떠다닌다

뒤죽박죽인 문자들을 들여다보며 그의 수심을 재어 본다
문자 사이사이마다 숨겨둔 의미를 들여다보면
문자란 얼마나 고운가 얼마나 슬픈가

아무렇지 않다는 듯 시침 뚝 떼고 앉은 글자들
그의 말이 되지 못한 그가 흘러간다.

불면

어둠 속
장작더미에 웅크린 고양이
울지 마라

어둠을 베며
달려오는 저 소리들
밤의 심장을 질주하는 시퍼런 눈들
멀어진다
가까워진다

어디까지 가는 것인가

잠의 평화를 끌고 가는
저 소리의 날(刀)들
내 꿈을 잘게 부수는 것들아
두 귀의 빗장을 흔들지 말라

무덤같이 캄캄하고 고요하게
한 점 불빛도

허락하지 말라

나 내버려둬.

어느 날 문득

길을 걷다가 문득 주저앉다
다시 돌아가고 싶을 때

주절주절 말을 쏟아내다
문득 달아나고 싶을 때

마음이 뜨겁게 타오르다
문득 지칠 때

그런 날
바람인 듯 물인 듯 흐르고 싶은 날
바람이 물이 밤새워 흐르는 날

망연히 벽만 바라보는 날
벽에 빈 점 하나 찍어 놓고
무연히 바라만 보는 날.

알까 모를까

알까 모를까
지워진 비의 흔적을
비를 보내는 바람의 마음을

젖은 흙을 밟으면
꾹꾹 다지 듯
저며 오는 가슴 삭이는 나를
너는 알까 모를까

어디에도 있고
어디에도 없는

아무도 사랑하지 않는
슬픔이 힘이 되는 사람.

빗방울

깊은 우물 속
공명으로 내리는 물방울
고요 속으로 떨어지는 종소리

너와 나
주고받은 적 없는 말들이
어둠 속에서
별무리가 되어 쏟아진다

구름이 된 네가
비가 된 네가
바람이 된 네가
낙엽이 된 네가

그리움으로 생을 적신 아득함

빗방울 물고 낡은 처마로 날아드는
곤줄박이
깃털에 맺힌 물소리
좌르르 쏟아지는데

〉

깊은 밤
약속도 없이 내리는
저 소나기

그리움이 쏟아지는 소리.

어느 밤

막걸리 잔 가득
졸음이 넘친다
슬금슬금 별들이 술잔 곁으로 다가앉는다

아, 이런 이런

별빛이 막걸리 속으로
뛰어든다

시간은 달빛을 머금고
부지런히 걷는 푸른 새벽의 발자국 소리에
잠들지 못하는 그대
떠돌이별이 되어 긴 여행하고 있는데

막걸리 속
별과 그대와
내가
말갛게 취하고 있다.

미술관에서 잠들다

시간이 흐른다
그대 등 뒤에서 빛나던 가로등이
깊은 잠에 취한 정오
길고양이는 골목의 정적을 휘저으며
담을 뛰어 넘는다

덕수궁 안으로 불어온 바람
햇살 후드를 쓰고 나뭇가지에 앉았다

책을 읽다가 잠들었다
꿈속에서 두 손 가득 별을 받았다
색색의 별들 톡톡 터지며 하늘로 날아오른다

현대회화 100선 둘러보다가
발바닥이 화산처럼 폭발한다
뜨겁다

내 발은 화산재에 묻혀 굳어 가고 있다

산수유꽃이 터진다
덕수궁 돌담 너머로 봄이 오고 있다.

막막

멈추어서 바라보는 것들 사이로
무한 질주를 하면
그대로인 세상을 벗어날 수 있을까

그대 눈 속을 하염없이 바라보면
가이없는
그대의 가슴을 잴 수 있을까

내 눈으로 보는 세상과
그대 눈으로 보는 세상은
어디쯤 머무르고 있을까

그대 눈 속 세상과
내 눈 속 세상을 가로질러 달려가면
우리가 꿈꾸는
그 곳을 관통할 수 있을까

우리
꽃이 될 수 있을까.

존재에 대한 끝없는 물음과 삶

배 동 욱
(시인)

존재에 대한 끝없는 물음과 삶

배동욱(시인)

詩를 읽는 일은, 詩人의 삶, 思惟와 感性의 속 깊은 결을 따라 함께 걷거나 머무는 일일 것이다. 정선영 시인의 시를 읽으며 겪는 일도 그러하다. 때때로 구불구불한 길, 길도 없는 벌판, 숨이 턱턱 막히는 공간이거나 가 보지 않은 길, 생각해 본 적 없는 생각, 다른 세계의 낯선 땅을 딛기도 하고, 생각 밖의 생각, 두려움과 불안과 외로움, 애써 아는 척 해도 여전한 삶의 혼돈과 모순과 무의미―그런 것들을 대면케 한다.

무엇을 잃어버렸는지 생각나지 않는데 잃어버렸다는
생각
주머니가 비고 가슴이 텅 비어버린 것 같다
눈이 뻑뻑하고 머릿속이 스산하다 가슴이 바스락거린
다
물기 없는 막막함 화르르 재가 될 시간이다

― 「마른 시간」 일부

잃어버린 것은 그것이 무엇인지 알 수가 없다 하더라도 그 상실감 앞에서 시인의 가슴은 바스락거리고 막막함으로 재가 된다. 그리하여 잃어버린 것보다는 그 잃어버린 삶이 중심이 된다.

    그늘은 살아 있다
    살아있는 것들은 그늘을 남긴다.
                                    － 「그늘에 대한 思惟 2」 일부

「그늘에 대한 사유」라는 제목의 시 여러 편에서 시인의 상상력은 그늘을 빛의 대척점이 아니라 생명의 힘으로 보아낸다. 오래 바라보고 독특한 상상력과 시선으로 바라보는 그의 시는 발상의 신선함을 느끼게 한다.

    … 나의 안과 밖이 덜그럭거린다 타거나 녹슬거나 둘 중 하나다 한 번의 상처에도 죄의식에 갇히고 아가리 벌린 심연을 보아 버린 눈이 멀어 버렸다 살아도 산 것이 아닌 생이여.
                                    － 「독백」 일부

    흘려보내고 흐르면서 사는 거다
    꽃이거나 잎이거나
    빈 나뭇가지이거나.
                                    － 「흘려보내면서 사는 거다」 일부

시인은 살아도 산 것이 아닌 生, 그 심연을 바라보면서 흘려보낼 수밖에 없는 삶 속의 자신을 바라본다. 위에서 본 대로 그의 詩作은 자기 인식의 길을 걷는, 求道者를 닮아 있다.

> 내 안에 모든 것이 다 있어
> 누구도 나를 무엇이라고 말하지 말라
> 그것이 나고 이것이 나다
> 그가 나고 내가 그다.
>
> ― 「나를 어떤 사람이라 말하지 말라」 일부

자명하다 여겨져 온 사실들을 자명한 것으로 여기는 고정관념의 탈피, 회의와 부정으로 새로운 의미를 찾아가는 시인의 행로는 마치 주어진 테에제에 대한 안티 테에제, 진테에제를 찾아가는 변증법적 구도와 닮아 있다. 그 길 위에서 그 또한 또 다른 테에제일 수밖에 없음을 예감할 때의 절망감과 슬픔이 그를 슬픔 위의 떠돌이별이 되게 한다.

> 한 생으로 살기 서러워
> 꽃은 지고 꽃은 흐르고
> 푸른 멍이 흐르고
>
> 살고파서 살아내고파서
> 손톱이 빠지도록 움켜쥔 너의
> 霧笛소리.
>
> ― 「세월 그리고 바다」 일부

그의 시는 끊임없는 슬픔의 부름과 피할 수 있어도 피하지
않는 응답의 기록이다.

> 끊임없이 유혹하는 최신 버전들에
> 당신은 죽지도 못해요
> 그러니 우리 그냥 풀어져요
> 묽게 묽게 해작질하면서 푹 퍼져
> 죽을 때까지 죽치자구요.
>
> — 「죽 이야기」 일부

시인의 표현은, 언어적 기교에 사로잡히지 않는 자유로움
과 자연스러움을 보여 준다. 때로 거친 느낌마저 주는 표현
들 속에 오히려 시는 더 살아 있어 흔히 화려한 옷을 걸친 쇼
룸 속 마네킹과 같은 글들과는 확연히 구별되며 그런 태도가
위의 시처럼 위트를 가능케도 한다.

> 나는
> 한 번도 자유로운 적이 없었고
> 한 번도 자유롭지 않은 적이 없었다.
>
> — 「외로움에 대한 小考」 일부

> 어제 같은 오늘
> 어제 같지 않은 오늘
> 어제 같은 나와
> 어제 같지 않은 나를 산다.
>
> — 「눈 내린 날」 일부

위의 시들에서 보듯이 그의 시는, 상식과 논리에 얽매이지 않는 새로움의 모색을 보여 준다.

시인은 존재론적 의미에 접근하기 위한 길이 패러독스와 아이러니임을 알고 있다. 그것은 色卽是空 空卽是色의 세계, 하나의 허무로서 허무를 살아가는 일이다.

> 뽑히지 않으려 발등을 움켜쥐고 있는 뿌리
> 그 힘이 나를 허물어지지 않게 하는 줄을 알았습니다.
>
> — 「꽃이 피었습니다」 일부

> 벌레 먹고 찢어지고
> 밟혀 짓이겨진 잎
>
> 신나게 한 판 놀아보자.
>
> — 「마지막 춤을」 일부

삶 속에서 그러한 허무를 견디는 힘을 찾아내고 때로는 역설과 위트로 절망을 넘어선다.

> 맛도 색도 없는 희망이라는
> 명령어를 따르는
> 불빛을 향해 날아가야 하는
> 불나방
>
> — 「기억의 끝」 일부

입을 크게 벌려 호흡을 하고 지느러미를 흔들었다
먼 바다로 떠나는 목각 물고기
날개가 돋았다.

– 「지루했다」 일부

안간힘으로 날개를 퍼덕였습니다
살을 찢고 피를 쏟더라도 펼쳐야 할 날개

내가 나에게 가는 길을 찾아 뒤척였습니다
가슴이 뛰고 식은땀이 흘렀습니다.

– 「날개를 퍼덕이다」 일부

이승에 다녀간다는 흔적
아픈 이름 하나
가슴에 새겨
그 이름만 부르다 오라는

그런 말씀이다.

– 「치매」 일부

희망이 명령어가 된 세상에서 불을 향해 날아드는 불나방
일지라도, 입을 크게 벌려 호흡을 하고 지느러미를 흔들어야
한다. 날개를 퍼덕여야 한다. 그런 가운데 치매조차도 곱게
보이게 하는 시가 씌어진다. 그런 그에게 시란 무엇인가? 라
는 물음은 곧 시에 대한 사유를 통해 시가 나 자신을 바라보

게 한다.

　　시, 라고 발음하자 향기가 난다
　　시, 라고 노래하자 새들이 날아온다
　　시, 라고 시, 라고 부르자 나비가 춤춘다

　　안개 속에서 당신이 걸어 나온다.

－「시, 라고」 일부

　　늘 작별의 서늘한 빛 뿌리고
　　부평초로 떠도는 세상
　　진동하는
　　그 비린내에
　　울고 싶었습니다

－「비린 밤」 일부

　세상에 비리지 않은 게 어디 있을까. 세상을 떠도는 그 끊임없는 작별 앞에서 우린 뭘 할 수 있을까. 시인은, 그의 말처럼 "근원적 슬픔과 고독을 안고, 유한한 인생의 피할 길 없는 슬픔과 무근원성, 이 생에 속해 있으면서도 속해 있지 않은, 나와 또 다른 나의 분리, 살아도 살아 있지 아니한 것 같은 근원적 遊離感"을 그려낸다.

　막막하고 끝없는 블랙홀로 빠져들어 숨이 막히고 나도 모르게 눈이 젖는데 그것을 슬픔이라는 이름으로 부를 수 있을까? 생로병사가 모두 苦라 하여 解脫을 위한 수행을 한들 채워지지도 비워지지도 않는 存在의 문 앞에서, 있는 것도 없는 것도 아닌 두 손을 들여다보는 때 그것을 무어라 부를 수 있을까? 그럼에도 일어나 다시 길을 가야 한다. 그게 삶이고 그게 시다. 시인의 글들은 그와 같은 느낌을 그려내고 있다. 單獨者의 모습, 실존적 물음이 작품 전체에서 배어난다. 그의 의식은 피상적인 의미규정을 벗어나 근원에 닿아있다. 戰慄이다.